急忙
急忙

圖‧文◎蒂蒂

# 目錄

# 推薦序

### 大妹－小莫
啊……我不太擅長言詞……只能說祝《蠢蛋公車記事》新書大賣囉!!希望下一本我的出場鏡頭能多一點……。

### 小妹－穎穎
經過近一年時間書終於出來了!!!這本書我也有幫到不少地方(挺胸)，書中有隱藏本校復興商工的學生唷！嘿嘿，希望大家也能喜歡這本書囉!!(≧∀≦)

### LON
萬眾期待下，「死丟筆SISTER」（我只會拼sister)的蒂蒂終於出書啦～如此才華超洋溢，貌美如如花，氣質又出眾的蒂蒂，但終究骨子裡還是諧星……但這次真的太超過了!!居然使出撒手鐧，要畫下「公車上的經驗」……這這這…這叫咱們癡漢界怎麼招架得住?!犯規啦～～

**尼力**

終於盼到蒂蒂的新書了，呼!!苦等了很久～～

看過蒂蒂的蠢蛋三姐妹部落格，一定會被她無厘頭的生活趣事逗得捧腹大笑。

尼力覺得自己的生活已經很白目了，沒想到蒂蒂更是笑料百出，三不五時都會上去報到收看。

《蠢蛋公車記事》勾起我許多學生時代的回憶，它是學生們的貼心生活紀錄，讓人笑到噴飯絕無冷場。

**兔包**

蠢蛋三姐妹的蒂蒂新書超有趣!!可以把自己的蠢與大家分享，這不是一般人能夠達到的最高境界啊啊啊啊!!

祝你新書大賣&上暢銷排行榜！

# 推薦序

**凹司釘：**
蠢蛋三姐妹的大姐蒂蒂外表看似冷靜，總是會在關鍵時刻出人意料，讓人捧腹大笑，相信新書一定可以帶給大家有別於網路閱讀外新的歡樂體驗!!祝新書熱賣長紅！

**春貴**
恭喜蒂蒂完成夢想要出書囉!!
這本以你我都熟悉的「搭公車經驗」為主題，熱情的讀者們快去敗一本吧！最後祝新書大大賣唷！≧3≦姆姆~

**泡菜公主**
恭喜可愛的蒂蒂終於要出書了，長時間的努力總算得到豐碩的果實。用可愛又幽默的畫風呈現，新書一定大賣的！

**小熊娃娃**

大可愛蒂蒂出書了！

畫風超粉嫩又超精緻，這次蒂蒂的新書公車日記也太能引發讀者共鳴了吧！

公車上短短的一段路程，乘客們的小動作都會不自覺冒出來。這本觀察報告書超有意思，公車上濃縮的小小世界會遇到啥米有趣的狀況呢？

在蒂蒂描繪下，一定相當有爆點！

**惡魔蛙蛙**

跟蛙蛙家一樣都是三姐妹～而且也是老大的蒂蒂!!

新書發行嚕!!～每次都爆笑演出的蒂蒂，這次會在公車上發生什麼瘋狂的事件呢？

請大家快買書來看看吧！

Chapter 1

# 公車來了

搭公車除了怕碰到車禍……

遇到變態……

零錢不夠外……

最令人感到恐懼且發生機率最高的是……

公車怎麼還沒來呀——

唔——
我身上只有100元
這樣計程車搭下去的話
可是時間……

不管了!!還是招了
**計程車!**

揮手

司機我要到╳╳高中,
麻煩快點!

好的

等公車時，為了排遣無聊時間……

我會看看街景……

觀察熟悉面孔……

合起一

將報紙看完放回去的
偷報賊！！！

哼
嗯
一

可是偷走訊息
就是不對的呀一

整個人坐在別人的
車頭上等公車→

這是本書主編的真實經歷……

好多人……
真討厭……

阿姨你懷孕了
就不要站著！
請坐吧！

不用了，
你坐就好！

OS：我沒懷孕啊…

阿姨坐啦～
我坐會不好意思～

……

阿姨這邊有位子，
你坐這邊吧！

最後還是坐了……

摸著肚子
假裝懷孕

唔一

尷尬狀況

我不要買

在等車時容易遇到推銷員，尤其是碰到難纏的推銷員最令人感到反感……

買啦一

曾經被
追逐著推銷

哈囉——

可以耽誤你
一點時間嗎？

我不接受
推銷喔——

於是擺臭臉直接表明不買，
是我拒絕推銷的絕招……

哈哈，我沒有要推銷！

可以給我你的電話嗎？

尷尬一

哈哈，開個玩笑～被你猜到我要推銷……

先走了～

後面等車時間讓我……

哈哈

你看

尷尬

尷尬

尷尬

好想鑽入地洞

上
車

好累～
借我靠一下～

嚇

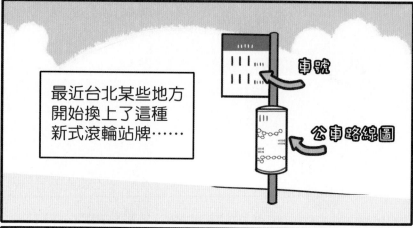

最近台北某些地方開始換上了這種新式滾輪站牌⋯⋯

車號

公車路線圖

找到站牌了！！

可是我要看的路線在滾輪的另外一邊⋯⋯

轉過來好了……

用力

咿——

怎麼這麼難轉！！

哈哈一

哈哈哈一

好糗川

你要不要站在這邊看？

危機解除一

天使呀！！！

我真的沒搭錯嗎？

看一下路線圖—

從來沒看過的路線！

這裡是哪裡？

現在這麼晚也沒公車了，打電話請家人接我吧！

嗶

沒電了！！

只好憑印象
沿著公車路線
回去了……

唉……

嗯?!

這就叫做一波未平一波又起嗎?!!

汪 嘶 汪 汪

最後花一小時才走回家

嗯——
差不多要
下車了…
起來吧…

站起——

壓住!!!

沒關係，
你坐就好。

呃……

聽說有個站名叫⋯⋯

還有一站叫⋯⋯

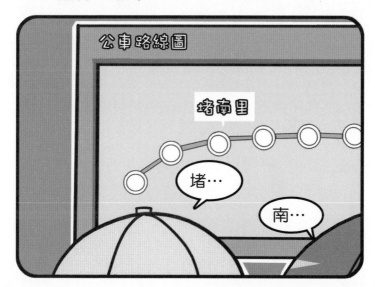

# 搭公車應該學起來的事（一）
## —如何找到位子坐？

大家好！我們是蠢蛋三姐妹！這篇由我們來教大家搭車找座位的訣竅吧！

我是不蠢的顆顆

我是蒂蒂

我是小莫

不過找座位有什麼好教……啊不就是有位就坐，沒位就站……

呀～

阿達！！

這你就不懂了！
你以為座位這麼好找呀！

請問小莫，如果
碰到公車沒位子
你會怎麼辦？

啊不就是
有位就坐，
沒位就站……

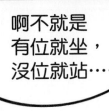

不公平！！為什麼
我剛這樣說你就
揍我？

這樣說
也沒錯啦……

……

但其實留意一些小地方，就能幫助你順利找到座位喔！！

喔。

別這麼冷淡嘛～

就是注意老人，往老人下手！！

沒想到你是走在路上會打翻老人口香糖的那種人！

我沒這種姐姐！！

我才不會這樣！

因為老公公老婆婆通常都是搭短程車，
兩三站的距離就會下車……這時站在他們旁邊
或許就能第一時間搶到座位!!

機率78%

P.S.但遇到該讓位的人還是記得讓位喔～

是沒注意到下面的P.S.嗎?!

差勁！

往老人下手！

或是一上車就往後面雙人座位走去！！
因為那裡乘客起身機率更高！！

如果有多的空位可以選擇，請不要坐在迎光面喔！！

否則會變成這樣→
黑白郎君

「……」

接下來是公車實搭教學！
**Go !!**

你不幫我恢復原狀嗎?!

Chapter 2

乘車中

你們看！！

我今天買的
超可愛吊飾～

眼睛掉了一顆

壓扁

噹啷～

這是………
受虐熊貓嗎？

哈哈哈
哈哈

熱愛情境音樂的公車司機

為什麼明明在公車上卻聽到戰鬥機聲！！

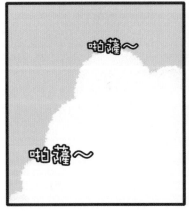

啪薩～

啪薩～

海——

是海的聲音！！

好…好…

好想打噴嚏……

可是現在人這麼多，
打噴嚏有點丟臉……
大家會不會以為我得
新流感啊……

憋住

嗯！

呼——
總算熬過了…

呀——

好丟臉呀！！

不小心太放鬆就放屁了…

55

偷看

是我欣賞的男生類型！
好養眼呀──

來了

看一一

撲通

好緊張呀——
他怎麼一直看這邊

妄想模式啟動

怎麼辦…

等等他跟我搭話，
我該怎麼回覆他才好？

走過來了!!

好丟臉呀──

一直盯著他看
不知道有沒有被發現

好多螞蟻！！

觸角相碰……
牠們在交流什麼？

嗯——？

哇

鬥雞眼

這個人在
做什麼呀？！

好想吃呀！！

可是禁止飲食標示
字這麼大，
吃下去會不會被人
白眼呀——

香濃紅豆內餡——
唔啊——

吃一口就好了…

好好吃呀——

啊！對吼!!
等等要考英文…

趁現在快點
來看書──

晃
晃

晃
晃

晃
晃

還是收起來吧！
在公車上看書
讓我頭好暈…

準備要化妝呀……

精準快速！！

好想拜你為師呀！！

龍山寺到了
龍山寺到了

今天第一次搭
這路線公車…
目前看起來
很順利呢。

各位乘客您好，

因為本人已達
下班時間，
請下車改
搭下一班
公車，
謝謝您的
合作。

竟然會遇到在開車途中
下班的公車司機?!!

公車物語
——節日司機

某些司機會根據節日打扮……

或是根據熱潮打扮……

# 搭公車應該學起來的事(二)
## ──利用搭車時間來瘦身吧！！

……

穩住──

穩住──

你在做什麼？

提早一站下車，多走路有助於消耗熱量喔～

順便一提
搭車30分鐘可以消耗147卡
走路30分鐘可以消耗168卡

說是這麼說…但要你提早下車走路根本是不可能的事…

不可能的

吐槽什麼……你們不也一樣！

Chapter 3

# 到站囉

第一次約會能這麼順利真是太好了——

我送你回家吧!

好

你家是走這座橋比較快還是那座橋?哪邊?我很少來這帶不太清楚說～

什麼這座橋那座橋?我根本分不出有什麼差別呀!

這邊吧——

喔…

再來呢？

左邊吧…

接下來？

……

接下來呢？

怎麼不講話了…

人家不會走了…

這你家耶…

十分鐘後

二十分鐘後

為什麼找不到回去的站牌呀！！！

咦！！

三十分鐘後

奇怪！！應該會有站牌的，怎麼找不到？！

啊！會不會是…

你這個阿呆怎麼可能知道路？不要講沒建設性的話！！

阿呆…？

找不到站牌開始焦躁起來↓

後來我們將整區繞了兩圈，還是找不到站牌…

一小時過去…

啊！！！

怎麼還是找不到 像鬼打牆一樣 不斷繞圈圈…

回到原點

松山車站

果然！

這邊是單向設站 所以搭過來的地方 就是搭回去的地方 阿呆──

哪尼！！

原來如此…

阿呆

阿呆

阿呆

對不起…

我有個特殊技能

嗯……

你覺得…

就是不管身在何方

嗯……

你有
在聽嗎!!

喂!還醒著嗎?

喂

我都能抓住
時間補眠——

寵物偽裝

臘腸狗?!

盯

不動如山

應該是娃娃吧!
看牠一動也不動……

是我看錯嗎？

都要下車了，
還是沒看到牠
再次動過……

再看一次……

蒂爸蒂媽在年輕時曾上演浪漫片段……

對不起！！
都是我的錯

你太讓我
傷心了……

想當年你爸追公車求
我原諒…真想重演一
次那浪漫的過去…

絕對不可能！！！

國小時搬家，但因為那時我已經小五，所以並沒有轉學。

嗯

因為家裡跟學校距離有點遠…

你該自己獨立學搭公車了

嗯

怎麼這麼冷淡

不就是搭公車…

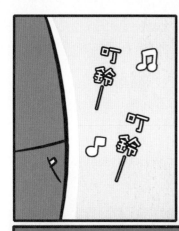

喂——
我現在沒——

馬麻我肚子餓了

我要兒童餐
妹妹說她也要 !!

我想吃麥當當
等會買回來喔

玩具幫我選
皮丘丘的

‧‧‧‧‧‧‧‧‧‧‧‧‧‧‧

…不見算了

喂 ?!! 哈囉有
人在聽嗎？

公車物語
——雨傘的功能

雨傘在搭車時用處多多……

還可以拿來……

# 搭公車應該學起來的事（三）
## —乘車安全請注意！！

這篇就來教大家在車上遇到突發狀況的解決方法吧！！

Q：遇到變態、瘋子怎麼辦？

吹氣ー

寶貝我跟你說，後面有個變態一直對我吹氣！！而且嘴巴超臭的！！

手還在那邊亂摸——

嘴臭?!

急忙
下車

做得好！！
把變態嚇跑了

你們怎麼離這麼遠……

因為怕被波及到……

針對這兩種類型的人，有不同解決方法喔！！

什麼叫怕被波及到……

又不是我說的！！

勒

## A：

遇到變態……

**千萬不要忍氣吞聲**

你愈容忍反而會讓變態更超過！！建議這時向旁人呼救，或是大聲假裝講電話喔！！

遇到瘋子……

……

**能躲則躲**

通常遇到瘋子如果他沒有傷害到你，請不要跟他正面衝突！如果他已經傷害到你了，請告知司機或請旁人幫忙！

如果狀況嚴重的話，
請改用防毒面具！！

太誇張了啦！

Q：下車才發現零錢不夠…
該怎麼辦才好？

A：這是我排列出最有可能解決的方法……

直接投20元或50元進去＞向其他乘客換零
錢＞直接跟司機講明＞落跑

通常我都是
多投……

Q：在車上不小心撞到一直注意的人，
　　好丟臉…我該怎麼辦？

A：那就來場意外的邂逅吧！！

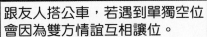

跟友人搭公車，若遇到單獨空位
會因為雙方情誼互相讓位。

跟情人搭公車，若遇到單獨空位
通常都會讓女友先坐…

跟弟妹搭公車

若遇到單獨空位…

喂，怎麼是你坐!!!
應該要禮讓小的吧!!

有一件事我很好奇…
就是公車的路線號碼
到底是怎麼編的呀？

當然是看客運公司
心情編的囉！！

先講先贏這樣

是嗎…

才不是這樣的咧

**大概分法如下囉♥**

1開頭：休閒公車路線

2開頭：剛開始以二段票收費的路線為主

3開頭：剛開始以三段票收費的路線為主（大部分路線現已改為二段票囉！！）

4開頭：早期因避諱諧音，所以數量比較少

5開頭：起初皆為以冷氣車營運的一段票收費路線

6開頭：起初皆為以冷氣車營運的二段票收費路線(不過民國80年後的公車幾乎都有冷氣…)

7開頭：以公路客運加入三段票聯營體系，三段票為主的命名方式(有些現在也改為二段票了)

8開頭：以「縣轄公車」為主的路線

9開頭：快速公車 (行駛高速公路或快速道路的路線)

感覺有點簡單
又好像有點不太簡單…

上車

坐一

金將──
金將──

嗯!?

金將 —

回頭

奇怪—後面那個人在睡覺
那到底是誰在敲出聲音…

又來了—

金將 —

金將 —

該不會…
這就是傳說中的

**遇到鬼!?**

不…冷靜點—

一定是公車上某個零件掉了
才會出現這種鏘鏘聲響…
不能慌—不能慌—

……但如果真的是零件掉的話
好像就更危險了…

金鏘 — —

金鏘 —

• • • • •

冷靜得了
才怪啦!!!

我好想
快點回家——

馬麻—

玩具壞掉了
不是我用壞的

明明就是你剛剛一直
敲椅子把它敲壞了

才沒有哩—

你當我沒聽到
你在敲椅子嗎?

唔…

原來是後面小朋友在敲椅子,然
後加上他身高太矮才沒看到她…

這是我妹妹小莫所發生的事……

她現在正於連鎖美髮沙龍店擔任美髮助理……

因為美髮店22:30才打烊

吹—

所以每天小莫都要趕最後一班公車回家…

得快點才行…

某天下班後——

Ｚ
Ｚ

嗯？！！

急急忙忙下車！！

呀

還好今天沒有
又坐過站⋯⋯

！！

號碼是…

喂…請問是XX客運嗎…

我的人頭好像放在你們公車上…

人頭?!

請不要開這種玩笑了

不是那個人頭…是…

唔啊…是我美髮用的…

還好最後有順利把人頭拿回來…

我今天搭公車去好了

在畫《蠢蛋公車記事》的這段期間，為了蒐集題材我會盡量利用時間去搭車，看會不會遇到一些新鮮事——

尋找靈感中

我坐這邊你坐那邊吧——

嗯好—

我今天看報紙聽說前面那家百貨正在大打折耶！！

我也有聽說滿多少還有送貴婦下午茶券～

拿起
手機

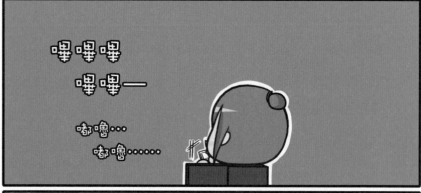

嗶嗶嗶
嗶嗶—

嘟嚕…
嘟嚕……

喂…等等我們改去吃
下午茶吧…我知道哪邊
有新開還不錯的店喔—

忘了
原本的目的…

公車真的是蒐集資訊的好場所呀！！

# 一後記一

決定以公車為主題的原因——
讀到大學卻連機車油門怎麼「吹」都還不會……
題材就在生活裡!!所以每天仰賴公車移動的我,決
定以自己的角度去畫出車上所發生的趣事,順便也
為自己做個紀錄～
真的很開心能在還是學生時完成了自己第一本書,
感謝很有耐心包容笨拙的我的編輯盈婷、惠鈴,
與默默在身旁支持我的家人、朋友、小湘……

當然當然當然

也很謝謝購買這本書的你♥

無限感激!!

看完這本書後如果還想繼續追蹤(?)蒂蒂,
歡迎來蠢蛋三姐妹圖文部落看看囉↓
http://www.wretch.cc/blog/cinlululu

快點,要上場了!

咦?!!

……。

# 蠢蛋公車記事

2010年12月初版
2013年1月初版第二刷
有著作權‧翻印必究
Printed in Taiwan.

定價：新臺幣260元

| | | | |
|---|---|---|---|
| 著　者 | 蒂 | | 蒂 |
| 發 行 人 | 林　載 | | 爵 |

| | | | | |
|---|---|---|---|---|
| 出　版　者 | 聯經出版事業股份有限公司 | 叢書主編 | 黃　惠　鈴 |
| 地　　　址 | 台北市基隆路一段180號4樓 | 叢書編輯 | 王　盈　婷 |
| 編輯部地址 | 台北市基隆路一段180號4樓 | 整體設計 | freelancerstudio |
| 叢書主編電話 | (02)87876242轉213、216 | 校　　對 | 吳　淑　芳 |
| 台北聯經書房 | 台北市新生南路三段94號 | | |
| 電話 | (02)23620308 | | |
| 台中分公司 | 台中市北區健行路321號1樓 | | |
| 暨門市電話 | (04)22371234 ext.5 | | |
| 郵政劃撥帳戶第 | 0100559-3號 | | |
| 郵撥電話 | (02)23620308 | | |
| 印　刷　者 | 文聯彩色製版印刷有限公司 | | |
| 總　經　銷 | 聯合發行股份有限公司 | | |
| 發　行　所 | 新北市新店區寶橋路235巷6弄6號2F | | |
| 電話 | (02)29178022 | | |

行政院新聞局出版事業登記證局版臺業字第0130號

本書如有缺頁，破損，倒裝請寄回台北聯經書房更換。　ISBN　978-957-08-3727-8 (平裝)
聯經網址 http://www.linkingbooks.com.tw
電子信箱 e-mail:linking@udngroup.com

國家圖書館出版品預行編目資料

蠢蛋公車記事/蒂蒂著. 初版. 臺北市.
　聯經. 2010年12月（民99年）. 128面.
　14.8×21公分

　ISBN　978-957-08-3727-8（平裝）
　[2013年1月初版第二刷]

855　　　　　　　99024063